Odenwaldmärchen

Odenwaldmärchen

UND IMMER SIEGT DIE LIEBE ...

Gesine Englert

Bibliografische Information der Deutschen Nationalbibliothek
Die Deutsche Nationalbibliothek verzeichnet diese Publikation
in der Deutschen Nationalbibliografie; detaillierte bibliografische
Daten sind im Internet über http://dnb.d-nb.de abrufbar.

© 2014 Gesine Englert
Fotos: Heidi Glück (Copyright)
Umschlagdesign, Satz, Herstellung und Verlag: BoD – Books on Demand, Norderstedt
ISBN 978-3-7357-8364-6
Text und Fotos urheberrechtlich geschützt. Auch auszugsweise Verwertungen bleiben vorbehalten.
Weiteres unter: www.gesine-englert.com

FÜR DIETER

Für alle, die gern ab und zu an Märchen glauben.
Für alle Hochzeiter.
Für Junggebliebene und Jugendliche.
Für Odenwaldliebhaber.

Fröhlich spielten die Kinder auf dem Gelände der Veste Otzberg. Trutzig lag die alte Burg über den Hügeln des Odenwaldes. Am Wochenende öffnete dort eine gemütliche Kneipe für Wanderer. Während der Woche war die Burg mit ihrem hohen bewachsenen Wall, dem tiefen Burggraben, den zumeist verfallenen Brücken und verwilderten Büschen und Bäumen ganz im Besitz der Kinder aus den Dörfern unterhalb der Festung.

Die Veste Otzberg gehörte zu den Ländereien der Grafen von Rosenthaler zu Otzbergen. Die gräfliche Familie lebte in ihrem Anwesen an der Bergstraße. Aus Sicherheitsgründen sperrte die Baubehörde große Teile des Burggeländes. Überall standen entsprechende Verbotsschilder: »Privatbesitz, Zutritt verboten!« Füchse, Hasen und sonstige Waldtiere genossen die abgeschiedene, ruhige Lage mit den vielen Möglichkeiten, sich zu verkriechen.

Die Kinder der umliegenden Dörfer scherten sich nicht um die Verbote. Das wilde, verwunschene Gelände bot ihnen unendliche Spielmöglichkeiten. Sie zogen es jedem Spielplatz unten im Dorf vor. Die zwölfjährige Vanessa, Anführerin der Kinderbande, war die Wildeste und Mutigste von allen. Mit wehenden, langen Haaren stand sie auf der obersten Plattform des Turms und rief: »Fangt mich!« Vergebens bemühten sich die anderen Kinder, ihr zu folgen.

Flink, behände wie eine Katze verschwand sie im alten Turm. Verängstigt sahen die Spielkameraden ihr nach.

Der Turm war fensterlos, dunkel und feucht. Seine wackelige, alte Treppe bröckelte bedrohlich. Im Dorf erzählte man sich, es spuke dort. »Vanessa, bitte komm wieder raus!«, baten ihre Freunde. Vanessa dachte nicht daran. Sie sprang ein paar der glitschigen Treppenstufen herab. Diese endeten in einem dunklen Gang. Manchmal streiften Ratten ihre Füße. Es kümmerte Vanessa wenig. Sie kannte die alte Festung wie ihre Westentasche, liebte das alte Gemäuer und lachte über die in den Dörfern kursierenden Spukgeschichten. Der lange, vermoderte Gang führte in große, weitläufige Räume. Hier, konnte man sich vorstellen, hatten die Ritter ihr Festmahl eingenommen. Eine kleine Treppe ging zu einem Mauervorsprung, einer Art »Burgbalkon«. Von dort konnte man den schönsten Blick über den Odenwald mit seinen kleinen Städtchen und Dörfern genießen. Vanessa liebte ihr Plätzchen mit der fantastischen Aussicht. Oftmals sonnte sie sich auf ihrer heimlichen Burgterrasse, las oder hing einfach ihren Gedanken und Träumen nach. In der Ferne hörte sie die anderen Kinder rufen. Ihre Träume führten sie Hunderte von Jahren zurück: »Sie war eine Prinzessin. Ein Prinz auf einem weißen Pferd ritt gerade in den Burghof ein. Er warf ihr verliebte Blicke zu. Vanessa ließ ihr langes, blondes Haar im Wind wehen und lächelte ihren Märchenprinzen an.«

Unsanft wurde sie aus ihren Träumereien gerissen. Motorengeräusche und laute Stimmen schreckten Vanessa auf. Schon einmal hatte der Ortspolizist sie mit seiner Kamera in voller Größe auf dem alten Turm stehend aufgenommen. Eine Verwarnung mit Geldstrafe war die Folge. Wochenlang nervten die Vorhaltungen ihrer Mutter. Keinesfalls durfte man sie nochmals hier oben erwischen.

In letzter Zeit kamen häufiger Besucher zum Burggelände. Man munkelte im Dorf, der Besitzer, Graf von Rosenthaler zu Otzbergen, wolle die Burg sanieren, renovieren und zu einem Hotelkomplex mit Reitanlage, Golfplatz und Wohnhaus umbauen.

In ihrer Panik entdeckt zu werden, nahm Vanessa Anlauf und sprang von dem Mauervorsprung aus über den Burggraben. Sie landete mitten auf dem schmalen Zufahrtsweg zur Burg. Ein silbernes Ungetüm rollte mit quietschenden Bremsen auf sie zu. Einen halben Meter vor ihr kam das Auto zum Stehen.

»Was ist denn das für ein Vogel? Wo kommst du denn her? Das war aber knapp. Gut, dass ich ein perfektes Bremssystem in meinem Wagen habe!« Ein junger Mann, vielleicht acht bis zehn Jahre älter als Vanessa, entstieg einem Sportwagen. Er lächelte das verschwitzte, sich das blutende Knie haltende, Mädchen freundlich an. Schon machte er sich an seinem Verbandskasten zu schaffen. Bevor Vanessa es realisierte, sprühte er ihre Wunden mit Wundspray aus, klebte schnell und geschickt Pflaster auf ihre blutenden Verletzungen. »Au!«, schrie Vanessa. Es tat verdammt weh. Tapfer versuchte sie, die Schmerzen zu ignorieren.

»Verschwinde hier, und zwar sofort!« Vom Beifahrersitz erhob sich Bürgermeister Schmidtke. Böse blickte er das junge Mädchen an. »Du weißt genau, Spielen hier oben ist verboten. Das Gelände gehört dem Grafen.« »Sie haben mir gar nichts zu sagen!«, motzte

Vanessa zurück. »Die Grafen wohnen nicht hier und kümmern sich ›den Teufel‹ um die Burg.« Bürgermeister Schmidtke schrie wütend: »Ich zeige dich an, du unverschämte Göre!« Der junge Fahrer des Sportwagens versuchte, ihn zu beruhigen. Die Geschichte schien ihm Spaß zu machen. Er musterte vergnügt die langbeinige Vanessa mit ihren vielen gepflasterten Stellen und Schrammen am Arm und im Gesicht. Die blonden Haare hingen ihr wirr über die Schultern und in die Stirn. Vanessa begegnete seinem Blick trotzig und ohne Angst. Die tiefdunklen, fast schwarzen Augen des Sportwagenfahrers blitzten sie freundlich, leicht spöttisch an. »Das nächste Mal springst du bitte in unseren Pool und nicht vors Auto. Das könnte gefährlich werden. Ich heiße übrigens Georg.« Vanessa unterbrach ihn hitzig und wütend: »Ich mag keine Angeber. Von wegen Pool, wo hast du denn einen? Mit Papas Porsche unterwegs, meinst du, du könntest den großen Macker machen. Nee, danke!« So schnell sie es mit ihren verletzten Knien schaffte, rannte Vanessa davon.

Diese blitzenden, braunen Augen, die schwarzen Locken, sein vergnügter Blick. Georg hatte ihr gut gefallen. Lieber wollte sie sterben, als dies vor sich selbst zuzugeben. Der junge Graf schaute ihr, noch immer amüsiert, lange, in Gedanken versunken, hinterher.

»Mein Gott, Vanessa, wie siehst du denn aus? Wart ihr wieder oben auf der Burg?« Entsetzt starrte Vanessas Mutter auf die gepflasterten, schmutzigen Knie, die kaputten Strümpfe und den herunterhängenden Rocksaum. Zudem fehlten Knöpfe an der Bluse ihrer Tochter. Vanessa schaute in den großen Flurspiegel, sah ihr gerötetes Gesicht und die wild herunterhängenden Haare. Bluse und Rock waren mit Flecken übersät. Unzählige blutige Schrammen überzogen Arme und Beine. Kein Wunder, dass sich der Angeber mit dem Porsche über sie lustig gemacht hatte. Papa nannte sie manchmal: »Meine kleine Hexe.« Heute sah sie aus wie eine, stellte sie erschrocken fest.

»Mit dem Spielgelände dort oben ist bald endgültig Schluss!«, bemerkte ihre Mutter mit spitzer Stimme. »Wieso das?«, meinte Vanessa. »Die Pläne sind vom Bauamt bereits genehmigt. Die Arbeiten sollen nächste Woche beginnen. Die Grafen werden die alte Veste komplett sanieren und zu einem Hotel umbauen. Ihr privater Wohnsitz wird ebenfalls in die Festung verlegt. Lass dich ja nicht mehr auf dem Burggelände erwischen! Der Schmidtke hat angerufen und sich beschwert. Du musst dich unmöglich gegenüber dem jungen Herrn, dem Grafen von Rosenthaler zu Otzbergen, benommen haben«, schloss ihre Mutter mit vorwurfsvoller Miene. Vanessa schnappte nach Luft, vergaß für einen Moment ihre Schmerzen. »Na, warte«, dachte sie, »dem werde ich es zeigen!« Nicht umsonst war sie Anführerin ihrer Clique. Bei den anderen Kindern war ihr Einfallsreichtum berühmt und berüchtigt. Jeder wusste, so ihre Überlegungen, auf der Veste Otzberg spukt es. Nachts wagte sich keiner aus den umliegenden Dörfern in die Nähe der Burg. Gleich morgen würde sie mit den anderen Kindern »Kriegsrat« halten. Ein paar glänzende Ideen, die Bauarbeiter zu verscheuchen, hatte sie bereits im Kopf.

»Was gibt's denn heute zu essen?«, polterte ihr Vater in ihre Pläne und Gedanken hinein. Vanessas Vater war ein großer, beleibter, kräftiger, etwas schweratmiger, ungeheuer freundlicher, humorvoller Mann. Vater und Tochter, sein einziges Kind, liebten sich abgöttisch.

Dr. König war der Hausarzt für fünf Dörfer, alle im Umkreis der Veste Otzberg. Mit seinem alten, verdreckten, verrosteten Jeep fuhr er über Land und besuchte seine Patienten. Wenn irgendwo Not am Mann war, wurde der freundliche, hilfsbereite Doktor gerufen. Manchmal half er sogar, ein Kalb auf die Welt zu bringen. Die Dorfbewohner liebten und verehrten ihn. Bei seinen Besuchen wurde so manches Schnäpschen getrunken. Dankbar versorgten die Bauern ihn mit ihrem selbst gebrannten Obstler, frischem Gemüse, Wurst und was sonst noch alles als Ertrag in der Landwirtschaft anfiel. Öfter musste ihn Frau König aus einer gemütlichen Bauernstube abholen und nach Hause fahren. Der leckere Obstler und der Wein aus den umliegenden Umstädter Rebhängen beeinträchtigten seine Fahrtüchtigkeit manches Mal erheblich. Fröhlich lallend stieg er in das Auto seiner schimpfenden Frau.

Vanessas Mutter war unzufrieden mit ihrem Leben. Als junge Frau, medizinisch-technische Assistentin im Krankenhaus, verliebte sie sich in den Assistenzarzt. Bald darauf war sie mit Vanessa schwanger. Die Hochzeit fand im kleinen Kreis in Wiesbaden statt.

Frau König träumte damals von einer schicken Stadtpraxis in Wiesbaden oder Frankfurt, von einem Großstadtleben mit Empfängen, Bällen und Theatersaison. Der junge Arzt übernahm – vorübergehend, wie es hieß – eine Vertretungsstelle in Lengenfelde, im Odenwald. Der schwer kranke, alte Landarzt verstarb. Seine Witwe bat Dr. König händeringend, die Patienten nicht im Stich zu lassen und die Praxis zu übernehmen. Für einen sehr günstigen Preis konnte das stabile, alte Backsteinhaus mit einem riesigen Obstgarten, etwas außerhalb des Dorfes gelegen, erworben werden. Widerstrebend, mit dem Versprechen ihres Mannes, die Landpraxis sei nur für den Anfang vorgesehen, danach werde er sich im Westend Frankfurts niederlassen, folgte Frau König ihrem Mann nach Lengenfelde. Sie hasste das Landleben. Bei jeder Gelegenheit ließ sie die Dorfbewohner und ihre Familie spüren, wie sehr ihr die einfache, ungebildete Landbevölkerung zuwider war. Die ersten Jahre stritt sie laut und heftig mit ihrem Mann, erinnerte ihn an sein Versprechen. »Ich kann meine Patienten nicht im Stich lassen«, argumentierte der Arzt. Inzwischen waren fünfzehn Jahre Landleben in Lengenfelde vergangen. Das Streitthema war zum Tabu zwischen den beiden geworden. Frau König ertrug die Situation mit

Leidensmiene, flüchtete sich in ihre Migräne und giftige Bemerkungen. Ihren Mann verachtete sie, da er sich im Kreise der Bauern offensichtlich wohlfühlte und wegen seines erhöhten Alkoholkonsums. Im Frühling fuhr sie nach Baden-Baden zur Kur, im Herbst für vier Wochen zu ihrer Schwester nach Berlin. »Ich brauche ab und zu Kultur, gebildete Menschen, elegante Atmosphäre um mich herum«, pflegte sie beim Abschied entschuldigend zu sagen.

Vanessa und ihr Papa gaben keinen Kommentar ab. Sie genossen Frau Königs Abwesenheit und machten es sich gemütlich. Vanessa fuhr mit zu Hausbesuchen. Manchmal brachte sie ihren geliebten Papa mit dem Traktor der Bauern über Feldwege nach Hause, wenn es wieder mal ein Gläschen zu viel war. Vanessa besaß noch keine Fahrerlaubnis. Der Dorfpolizist drückte beide Augen zu, der fleißige, freundliche Arzt hatte seiner Familie schon viele Male geholfen. Die Wochenenden verbrachten Vater und Tochter mit stundenlangen Ausritten oder gingen zur Jagd. Im alten Backsteinhaus herrschten Ausgeglichenheit und Frieden. Die Mutter wurde nicht vermisst.

Von klein auf war Vanessa ein Papa-Kind. Frau König suchte ihre Vorstellungen vom Leben und Erziehung durchzusetzen. Sie schickte Vanessa auf eine teure Privatschule in Darmstadt. Von dem Schulbesuch erhoffte sie sich die richtigen Kontakte und einen entsprechenden, positiven Einfluss auf ihre Tochter. Vanessa musste, ihrer Meinung nach, unbedingt von den Dorfbewohnern ferngehalten werden. Feine, gut erzogene, junge Leute sollten ihren

Freundeskreis bilden. In jedem Fall strebte sie für das junge, hübsche Mädchen eine vornehme Heirat an.

Vanessa jedoch verbrachte jede freie Minute im Stall bei den Pferden. Sie ritt wie ein Teufel. Ihre Zimmerwände zierten die Schleifen der gewonnenen Turniere. Auf allen Bauernhöfen war sie ein gern gesehener Gast, zudem die mutige, von allen respektierte Anführerin der Dorfkinder. Vergeblich bemühte sich Frau König, aus ihrer wilden, ungezügelten Tochter eine, nach ihren Vorstellungen, feine Dame zu machen.

Die Kontakte zu den Stadtkindern hielten sich in Grenzen. In der Klasse beliebt, galt Vanessa in vieler Hinsicht als »Alien«. Vor allem die berängstlichen Überwachungsmütter sahen in dem wilden Mädchen vom Land eine Gefahr für die Erziehung ihrer Kinder. Vanessas große Liebe galt ihrem schwarzen Wallach »Sandro«. Stundenlang pflegte und putzte sie das Pferd. Im wilden Galopp streifte sie durch Felder und Wälder. Frau Königs Pläne schienen nicht aufzugehen.

So auch am heutigen Tag. Mit strengem Blick musterte sie ihre Tochter, ihre Falten auf der Stirn zogen sich missbilligend und zornig zusammen. Vanessa erwartete die üblichen, stereotypen Ermahnungen. Seit der Rückkehr aus Berlin schwärmte ihre Mutter von den wohlerzogenen, reizenden, chic gekleideten Töchtern ihrer Schwester. »Du hast dich ungehörig und ungezogen gegenüber dem jungen Herrn von Rosenthaler zu Otzbergen benommen. Du wirst dich entschuldigen!«, begann sie, kaum dass Vanessa die Küche betreten hatte. Dabei betrachtete sie ihr mit Schrammen und

Pflastern übersätes Kind mit säuerlicher, verachtungsvoller Miene. »Bürgermeister Schmidtke hat mich angerufen und sich bitter über dein Benehmen gegenüber dem jungen Herrn beklagt.« Trotzig erwiderte Vanessa: »Junger Herr, dass ich nicht lache. Ein Angeber ist das. Niemals werde ich mich bei dem entschuldigen!« »Lass Vanessa doch, sie ist ja noch ein Kind!«, schaltete sich Dr. König in den Streit ein. Seine Tochter sah ihn dankbar an. Frau König verzog giftig das Gesicht und schwieg gekränkt.

Auf der Burg begannen die Abriss- und Umbauarbeiten. Die Bauarbeiter stammten zumeist aus der Umgebung und kannten die Spukgeschichten. Zumindest tagsüber wiegten sie sich in Sicherheit. Da kannten sie aber den »Burggeist« schlecht. Bretter, Bausteine, Nägel, jeden Tag fehlten wichtige Baumaterialien. Eines Morgens fanden die Arbeiter das Gerüst abgebaut und ordentlich an der Seite aufgeschichtet. Fluchend schrie der Architekt und Bauleiter: »Ihr Faulenzer, ich kürze euch den Lohn. Spuk – ihr spinnt doch, es gibt keine Geister!« Schimpfend, schreiend, wütend auf seine Arbeiter stand er auf den Brettern, die man über den Burggraben gelegt hatte. Plötzlich ächzten und knackten diese gefährlich. Unter dem johlenden Gelächter und Gekreische der Bauleute krachten die Holzbohlen auseinander. Mit einem lauten Schrei fiel der Architekt in den Burggraben. Voller Zorn, klatschnass, ohne seine Arbeiter weiter zu beachten, stieg er wie ein begossener Pudel in sein Auto. Mit Vollgas und aufheulendem Motor fuhr der Bauleiter davon.

Bei Bürgermeister Schmidtke gingen Beschwerden seitens der Baufirma und der gräflichen Familie ein. Nachts sollten Wachen aufgestellt werden, ansonsten verweigere die Firma ihre weitere Bautätigkeit. Der alte Dorfpolizist und zwei seiner Kameraden drehten ab sofort nachts auf dem Burggelände ihre Runden. Gleich in der ersten Nacht fielen ihnen scheppernd Blecheimer vor die Füße. Hinter den Burgfenstern bewegten sich kleine Lichtpunkte schnell hin und her. Plötzlich, wie sie gekommen waren, verschwanden sie wieder. Rauchschwaden stiegen aus dem oberen Turm auf. Verschreckt weigerten sich der alte Herbert und seine Leute, weiter auf der Burg Wache zu schieben. Ein paar Mal schossen sie in die Luft oder in Richtung der Lichtpunkte. Der »Burggeist« ließ sich nicht vertreiben. Trommeln waren zu hören, immer wieder Gepolter von fliegenden Steinen. Zu allem Überfluss traten sie in Kleister, die umgekippten Eimer sahen die Wachmänner erst danach. Ihren Heimweg mussten sie barfuß antreten. Die Schuhe steckten fest in der Klebemasse. Das ganze Dorf lachte über die Beschützer der Burg. Insgeheim aber fürchteten die Dörfler den Burggeist. Keiner von ihnen wagte sich nachts in die Nähe der Veste.

Bei all dem fiel niemand auf, die Kinderbande um Vanessa König steckte immer häufiger die Köpfe zusammen. Vorübergehend wurden die Bauarbeiten gestoppt. Die von Rosenthalers zu Otzbergen ließen sich nicht einschüchtern. Eine Baufirma aus Frankfurt wurde beauftragt. Architekten aus der Stadt übernahmen Planung und Bauaufsicht. Das Gelände wurde eingezäunt. Wachleute mit abgerichteten, gefährlich aussehenden Schäferhunden drehten nachts ihre Runden. Der Umbau ging zügig ohne Hindernisse voran. Das Burggespenst schien die neuen Herren zu respektieren, der nächtliche Spuk hörte auf.

Graf Georg von Rosenthaler zu Otzbergen verbrachte fast seine gesamte Schulzeit in einem Schweizer Internat in Lausanne. Die Gräfin, eine international bekannte Turnierreiterin, empfand Kinder lästig, den kleinen Sohn Georg viel zu verweichlicht. Ihre Zeit verbrachte sie mit Reisen von Turnier zu Turnier in der ganzen Welt. Ständig umgaben sie die besten Reitlehrer und Bereiter. Für ihre Dressurprüfungen weltweit absolvierte sie ein strenges, hoch diszipliniertes Trainingsprogramm. Die teuren, wertvollen Pferde genossen beste Pflege unter strenger Aufsicht der Constance Rosenthaler zu Otzbergen.

Mit aller Deutlichkeit brachte sie gegenüber ihrem Mann zum Ausdruck, sie habe genug Verzicht für Familie und Nachwuchs geleistet und gemäß ihren Pflichten einen Stammhalter zur Welt gebracht. Nun solle sich Graf Johann um den Kleinen kümmern. Ihr Mann engagierte ein Kindermädchen und übergab den elf Monate alten Georg in deren Obhut. Die hübsche, herzliche, fröhliche Waltraud, genannt Wally, aus dem Rheingau, kümmerte sich rührend um den Kleinen. Für Georg war Wally die Mutter, er rief sie »Mama«. Die Gräfin, höchst beschäftigt mit Pferdeauktionen und Reitturnieren, trug es mit Fassung. Ihr Sohn nannte sie steif »Mutter«. Die Gefühle des Kleinen kümmerten sie wenig. Selbst der

Jagdhund Axel erhielt mehr Zuwendung, begrüßte er sie doch mit großer Freude, während der kleine Georg in ihrer Nähe erbärmlich schrie. Fest kuschelte er sich an Wally, weigerte sich, seiner leiblichen Mutter einen Kuss zu geben. Im Laufe der Jahre entdeckte Johann von Rosenthaler zu Otzbergen die Qualitäten des Kindermädchens seines Sohnes. Eine heiße Liebschaft entwickelte sich. Georg fühlte sich wohlig warm eingebettet zwischen Wally und seinem Vater. Das Verhältnis wurde von der Gräfin aufgedeckt, Wally fristlos entlassen. Der Abschied von Wally entwickelte sich zu einer herzzerreißenden Szene, Georg heulte, schrie, stampfte mit dem Fuß auf. Tagelang verweigerte er das Essen. Constance blieb hart. Der Junge, gerade acht Jahre alt, wurde weinend und völlig aufgelöst in das berühmte Internat St. Delices am Genfer See geschickt. Wochenlang trauerte er um seine Wally. Aus dem lebhaften, kleinen, zutraulichen Kerl wurde ein stilles, in sich gekehrtes Kind. Zu tief saß der Schock.

Wally fand eine Stellung in Frankfurt. Constance drohte mit Scheidung. Sie war eine geborene von Leimingen, wohlhabender, alter Adel. Mehrere Schlösser, die Veste Otzberg, riesige Wälder und Ländereien hatte die Gräfin mit in die Ehe gebracht. Der Graf gehörte mittelosem Adel an, daher fügte er sich widerspruchslos den Maßnahmen seiner Frau. Doch kaum war die Hausherrin auf Turnierreise, besuchte Johann seine Wally. Aus der Liebschaft war Liebe geworden. Wally schrieb Georg regelmäßig, schickte Päckchen ins Internat. Einmal im Monat rief sie, trotz ihrer knappen Entlohnung, in Lausanne an. Tröstete den Kleinen mit dem

Versprechen, sobald sie genügend gespart habe, werde sie ihn besuchen.

Graf Johann, ein studierter Betriebswirt, war bei seiner Frau als Verwalter ihrer Ländereien eingesetzt. Seine Frau ging restlos im Pferdesport auf. Constance zahlte ihm ein gutes Gehalt, behielt sich jedoch alle wesentlichen Entscheidungsrechte vor. Das »Projekt Veste Otzberg« kam dem Graf sehr gelegen. Es ermöglichte ihm, sich unauffällig in der Nähe seiner geliebten Wally aufzuhalten, die in einem kleinen, hübschen Häuschen in Obertshausen kurz vor Frankfurt lebte. Die Gräfin bewilligte die riesige finanzielle Investition in die alte Burg.

Ein gutes Hotel zu betreiben, sah sie als vernünftige Aufgabe für ihren Mann an. Die Veste Otzberg befand sich inmitten eines wunderschönen Reitgeländes. Ein Gestüt für Pferdezucht und ein Reiterhof sollten später unterhalb der Festung errichtet werden. Ein 2x18-Loch-Golfplatz sollte das Luxusresort vervollkommnen. Ausländische Investoren hatten bereits ihre Beteiligung an der Unternehmung zugesagt.

Mit Abschluss des Abiturs endete für Georg seine Zeit im Internat in Lausanne. In München studierte er Jura. In den Semesterferien unterstützte er seinen Vater bei dem umfangreichen Bauprojekt. Häufig besuchte er seine geliebte »Mama« Wally.

Zu seinem achtzehnten Geburtstag schenkte ihm Mutter Constance ein silberfarbenes Porsche-Cabriolet, Carrera 2. Vater Johann fand das Geschenk für seinen Sohn übertrieben. Er machte sich Sorgen, Georg werde aufgrund seiner Jugend zu schnell und leichtsinnig fahren. Wie immer setzte sich Constance durch. Die Gräfin knüpfte Bedingungen an das teure Geschenk. Im Salon, hinter ihrem eleganten Louis-seize-Schreibtisch sitzend, stellte sie dem sprachlosen jungen Grafen geschäftsmäßig ihre Zukunftspläne vor: »Georg, genieße dein Studentenleben! Du bist unser einziges Kind, Alleinerbe eines berühmten Namens und meines umfangreichen Vermögens. Du trägst große Verantwortung. Merke dir, Liebeleien jede Menge, aber nichts Ernstes. Eine hübsche, junge Frau aus reichem Hochadel, Prinzessin Annegret, Maria, Jolantha von Bolingen, findet dich sehr attraktiv. Du bist ihr bereits versprochen. Mit ihren Eltern ist alles geklärt und geregelt. Nach Abschluss deines Studiums wird Hochzeit gefeiert.« Georg verschlug es die Sprache, bis er mühsam, zitternd vor Wut, herausbrachte: »Aber ich kenne diese Frau doch gar nicht!« »Du wirst sie bald kennenlernen«, entgegnete Constance. »Sie hat wie du die beste Erziehung in einem Schweizer Internat erhalten, studiert Betriebswirtschaft, um eines Tages die gewaltigen Ländereien und Besitztümer ihrer Eltern verwalten zu können.« Georg schwieg. Er stand unter Schock. Widerspruch war zwecklos, er kannte seine Mutter. Es gab andere Mittel und Wege, ihre Pläne zu durchkreuzen. Pragmatisch dachte er auf Bayerisch: »Schaun mer mal.« Denn um nichts in der Welt wollte er sein Cabrio wieder hergeben. Doch wie sein Vater unterschätzte er die Zielstrebigkeit einer Constance von Rosenthaler zu Otzbergen.

Bereits einige Wochen später gab diese im Lichtenthaler Schloss einen Empfang und ein Diner für zweihundertfünfzig Gäste zu Ehren von Prinzessin Annegret von Bolingen und ihrer Familie. Widerwillig folgten Vater und Sohn der Einladung. Annegret war eine hübsche, wohlerzogene, junge Frau. Zwei Jahre älter als Georg verwickelte sie ihn in ein anregendes Gespräch. Beim Tanzen, sie tanzte ausgezeichnet, übernahm sie die Führung. Eine fleißige, eifrige Studentin, Meisterin des gesellschaftlichen Small Talks, einstellige Golferin, sehr gute Skiläuferin, ein Chalet in St. Moritz warte auf ihren gemeinsamen Winterurlaub, erzählte sie Georg. Gleichbleibend nett, freundlich ging sie auf ihre Gesprächspartner ein, wahrte Contenance in jeder Situation. Die ideale Ehefrau, wie Georgs Tanten, die die beiden den ganzen Abend genauestens beobachteten, mit aufmunterndem Lächeln in Richtung ihres Neffen, versicherten. Es stimmte. Annegret war nett auf professionelle, wohlerzogene Weise. Georg fühlte sich in ihrer Gegenwart wie ein gefangener Vogel. Er bekam keine Luft, begann leicht zu schwitzen, und sehnte das Ende der Veranstaltung herbei. Zudem langweilte sie ihn tödlich.

Pflichtgemäß machte er in den nächsten Tagen einige Ausflüge mit seiner Zukünftigen. Trotz herrlichen Sonnenscheins musste das Verdeck seines Wagens geschlossen bleiben. Annegret kam frisch vom Friseur, außerdem könne man sich im Fahrtwind erkälten. Das Radio durfte nur als leise Untermalung mit klassischer Musik laufen. Georgs Lieblings-CDs mit Rock- und Popmusik wurden verbannt. Discos verabscheute sie, zu laut, zu voll und überhaupt ... Georg wollte sie zu einer Pizza einladen, wie er es mit seinen Kommilitonen in München gewöhnt war. Lächelnd lehnte sie mit der Begründung ab, sie habe bereits einen Tisch im Sternerestaurant »Amando« reserviert. Danach hielt Annegret einen Vortrag über gesundes Essen, eine Pizza habe nur ungesunde Fette ... Georg schaute traurig einem jungen Pärchen hinterher. Mit einer Currywurst in der Hand amüsierten sich die beiden köstlich. »Du hörst mir gar nicht zu«, meinte Annegret schließlich leicht verstimmt. Erschrocken schaute Georg sie an. Seine Gedanken waren weit weg.

Eines Abends machten beide einen wunderschönen Spaziergang um den Waldsee. Die Vögel sangen. Die Bäume schlugen im schönsten Maigrün aus. Die Sonne ging als feuerroter Ball über den Odenwaldhöhen unter. Die romantische Stimmung übermannte Georg. Bei der Rückfahrt im Auto fühlte er sich, als wolle er die ganze Welt umarmen. Da war nun einmal Annegret. Er drückte sie plötzlich fest an sich und versuchte, sie zu küssen. Energisch wehrte sie ab. »Doch nicht im Wagen wie die Proleten. Regina hat zwei Stunden an meiner Seidenbluse gebügelt. Sie knittert und mein Lippenstift verwischt.« Zu allem Überfluss ergänzte sie: »Wenn wir erst Kinder haben, müssen wir eine vernünftige Limousine kaufen. Ein Porsche ist zu eng, zu unbequem und zu gefährlich.« Georg erblasste. Ohne ein weiteres Wort zu sagen, fuhr er Annegret nach Hause.

Noch in der Nacht raste er wie ein Wilder auf der A3 nach München. Er müsse für sein Studium arbeiten, ließ er sie wissen. Das Nachtleben von München nahm ihn freudig auf. Tolle Partys, die hübschesten Mädchen verwöhnten und umgarnten den gut aussehenden, wohlhabenden, jungen Grafen. Mit verschmitztem Lachen, den kleinen Grübchen um die Mundwinkel, seinem silbergrauen Porsche punktete er bei den Mädchen, war »Hahn im Korb« bei der Münchner Damenwelt. Georg genoss sein Studentenleben. Er feierte die Nächte durch. Sein Examen wollte er so lange wie möglich nach hinten verschieben. Auf die Weise konnte er sich eine »Galgenfrist« bis zur geplanten Hochzeit mit Annegret verschaffen. Die Professoren waren sehr erstaunt. Einer ihrer besten Studenten zeigte kein Interesse mehr am Studium. Georg schwänzte Vorlesungen und Seminare. Er tat alles für seinen Misserfolg. Die ständig abfallenden Leistungen, das plötzliche Desinteresse am Studienfach bewegten einen der Professoren, Georg darauf anzusprechen. »Eine Familienangelegenheit«, wich er aus. Der Seminarleiter schüttelte den Kopf: »So schlimm kann es doch nicht sein. Da müssen Sie durch. Sie sind ein kluger Junge. Schade um Sie!«

Im Schwabinger Biergarten ertränkte Georg anschließend seinen Kummer. Eine der drallen, gutmütigen Bedienungen schleppte den völlig Betrunkenen nach Dienstschluss in ihre nahe gelegene Wohnung. An ihren breiten Busen gelehnt schlief Georg bis in den späten Tag seinen Rausch aus. Er träumte, wie er als kleiner Junge bei Wally einschlafen durfte, drückte die gut beleibte Anna aus dem Biergarten fest an sich. »Mei, i krig ja kaum Luft, Kleiner. Bischt wohl en ganz Anhängliche. I muss zur Arbeit.« Anna befreite sich aus Georgs Klammergriff. Er wachte nicht auf. In seinen berauschten Träumen erschien Vanessa, weiß gekleidet wie ein Engel. Sie lachte und lachte, dann streckte sie ihm die Zunge raus. Schließlich drückte Anna ihm einen nassen Waschlappen ins Gesicht. Zudem klingelte sein Mobiltelefon. Völlig verschlafen, noch einige Promille im Blut, nahm er den Anruf an. Sein Vater bat ihn um Hilfe.

Die Sanierung und die Renovierung der Veste Otzberg gingen nur sehr langsam voran. Es gäbe Probleme vor Ort. Die Arbeiter seien unzuverlässig. Sie glaubten, es spuke auf der Burg. Tatsächlich häuften sich auf der Baustelle merkwürdige Ereignisse. Seine Geduld sei am Ende. Er trage sich mit dem Gedanken, das Projekt aufzugeben oder die gesamte Baumannschaft auszuwechseln. Ob es für Georg möglich sei, für einige Wochen sein Studium zu unterbrechen und ihn bei der Weiterführung des Umbaus zu unterstützen? »Nichts lieber als das!«, rief Georg und begann, auf Annas Bett herumzuhopsen, dass es nur so krachte und ächzte. »Ich komme noch heute, Papa. Du musst mir nur eines versprechen. Keinesfalls dürfen Mutter oder

Annegret etwas erfahren. Ich übernachte bei Wally. Es bleibt unser Geheimnis.«

»Versprochen!«, sicherte ihm der alte Graf dankbar zu. Zufrieden beendeten beide das Telefonat.

»Mach mir einen starken Kaffee, Anna. Ich muss auf die Autobahn.« Mit einer schnellen Umarmung bedankte er sich bei ihr. Legte einen Hundert-Euro-Schein auf den Tisch für Übernachtung und Frühstück. Anna protestierte, schließlich steckte sie das Geld weg. Sie drückte ihn nochmals herzlich an sich und verabschiedete den unerwarteten Gast. »Fahr vorsichtig, rase nicht so!«, gab sie ihm mit auf den Weg. Georg hörte es nicht mehr.

In knapp drei Stunden erreichte er die Veste Otzberg. Dort führte er gemeinsam mit seinem Vater entscheidende Gespräche mit den Bauleitern. Das gesamte Team sollte ausgewechselt und die Leitung des Projektes zwei Frankfurter Architekten übergeben werden. Termine für die einzelnen Bauabschnitte wurden festgelegt. Die Bezahlung von der vertragsgemäßen Fertigstellung abhängig gemacht. Es waren anstrengende, mehrstündige, letztendlich aber erfolgreiche Verhandlungen für Vater und Sohn. Georg trug entscheidend zum Gelingen bei. Der alte Graf Johann war sehr stolz auf ihn.

Fröhlich, die Gedanken kreisten noch immer um die Verhandlungserfolge, mit offenem Verdeck und lauter Disco-Musik, fuhr Georg mit mindestens fünfzig Stundenkilometern den schmalen, kurvigen Burgweg herunter. Kurz bevor er die Landstraße erreichte, kreuzte ein gesandeter Reitweg. Etwas huschte in rasendem Tempo an ihm vorbei. Voller Schreck hupte er laut und anhaltend. Dank seines guten ABS-Systems brachte er den Porsche sofort zum Stehen. Verdutzt sah Georg ein schwarzes Pferd die tollsten Luftsprünge machen. Zu Tode erschrocken preschte es schließlich im vollen Galopp durch den Wald davon.

Laut schimpfend erhob sich die Reiterin humpelnd aus dem Sand. »Haben Sie das Schild ›Reitweg kreuzt‹ nicht gesehen? Und überhaupt auf dem Burgweg ist eine Geschwindigkeitsbegrenzung von zwanzig Stundenkilometern.« Vor sich hin fluchend kam das junge Mädchen auf ihn zu. Unter einem Schutzhelm, eine schwarze Sonnenbrille bedeckte ihre Augen, quoll ihr langes, dichtes, blondes Haar wie eine wilde Mähne hervor. »Haben Sie sich wehgetan?«, fragte Georg besorgt. »Steigen Sie ein, ich fahre Sie nach Hause.«

Widerstrebend setzte sich das Mädchen auf den Beifahrersitz. Dabei verzog sie vor Schmerzen das Gesicht. Erst jetzt konnte man sehen, der Fuß war dick und geschwollen, Arme und Gesicht voller blutiger Kratzer. Georg zog ohne weitere Fragen der Kleinen die Reitstiefel aus. Aus seiner Getränkebox holte er Eiswürfel, wickelte diese in ein Handtuch und legte es auf die Schwellung. »Festhalten!«, befahl er im energischen Ton, »sonst haben Sie morgen einen dicken Fuß und können nicht mehr auftreten.« Noch immer mit trotziger Miene fuhr das Mädchen ihn an: »Nur weil Sie so idiotisch gefahren sind, haben wir das Theater.«

Schuldbewusst zuckte Georg mit den Schultern. »Wie kann ich es wieder gutmachen, Kleine?« »Nennen Sie mich nicht ›Kleine‹, ich bin schon sechzehn.« »Oh, na dann«, schmunzelte Georg achtungsvoll. »Kann ich Sie trotzdem auf ein Eis einladen? Vielleicht sollte ich Sie besser zum Arzt fahren?« »Erst muss Sandro eingefangen, versorgt und in die Box gesperrt werden. Pferde in Panik laufen immer nach Hause in ihren Stall.« Gemeinsam kümmerten sie sich um den Ausreißer, Sandro. Friedlich grasend stand dieser vor den Stallgebäuden. Die kurze Freiheit nutzte er, um frischen Klee und unerlaubterweise die Blätter vom Apfelbaum zu fressen.

Georg beobachtete das fremde Mädchen, während sie das Pferd stallfertig machte. Der notdürftig angelegte Verband aus Handtüchern rutschte immer wieder weg. Sie zupfte ihn zurecht, Hilfe lehnte sie ab. Irgendwie kam ihm die Kleine bekannt vor. Vanessa erkannte ihn gleich, den arroganten Typ von damals. Georg von Rosenthaler zu Otzbergen, dem sie vors Auto gesprungen war. Was der sich einbildete, sie ›Kleine‹ zu nennen, dachte sie. Mit ihrer Größe von 1,74 Meter überragte sie ihre Eltern und die meisten Klassenkameraden. So recht wusste sie allerdings nicht, wohin mit ihren langen, schlaksigen Armen und Beinen. Im Eiscafé angekommen zog sie Helm und Sonnenbrille ab und legte das geschwollene Bein hoch auf einen Stuhl. Ein riesiger Hawaii-Eisbecher ließ Trotz und Wut etwas abklingen. Vanessa schleckte mit großem Genuss und freundlicher werdender Miene ihre Eisbällchen. Georg schaute sie fasziniert an. »Mein Gott, war die Kleine hübsch, einfach bildhübsch.«

Braun gebrannt, lange, blonde Haare umrahmten ihr frisches, unverdorbenes Gesicht. Tiefdunkle Augen schauten herzlich, neugierig und erlebnishungrig in die Welt. »So ein Zufall!«, dachte Georg, der sich inzwischen an die erste Begegnung mit dem Mädchen erinnerte. »Jetzt ist sie mir bereits das zweite Mal vors Auto gefallen. War dies Schicksal?« »Sie haben einen Wunsch frei, junges Fräulein«, hörte er sich sagen. Vanessas Antwort kam prompt. »Hauen Sie da oben von der Burg ab! Sie zerstören mit ihren Hotelplänen die Natur und die historische Festung.« »Es ist unser Stammsitz. Wir werden da oben wohnen, den historischen Kern der Burg erhalten, ein kleines, feines Hotel einrichten, Traditionen pflegen, uns um die Nöte und Sorgen der umliegenden Dörfer und ihrer Bewohner kümmern, Kinder bekommen …«

Wie einem Fremden lauschte Georg seinen eigenen Worten. Die Vorstellung, mit der »netten Annegret« auf der Burg zu wohnen, zusammen Kinder zu haben, ließ ihn erstarren. Angst erfüllte ihn. Angst, dort oben auf der Burg in Erfüllung seiner Pflichten vor Langeweile zu sterben. »Schade, dass man Ihre Umbauten nicht mehr stoppen kann«, ließ Vanessa sich vernehmen. »Aber nach dem Abi gehe ich sowieso zum Studium in die USA. Ich werde dort Medizin studieren und nebenher auf einer Pferdefarm arbeiten. Sie sehen plötzlich so traurig aus.« Forschend schaute Vanessa ihrem Gegenüber ins Gesicht. Mit aufmunternder Gestik fuhr sie fort: »Einen Wunsch können Sie mir sofort erfüllen. Ich möchte mit Ihrem Porsche einmal, so schnell es geht, auf der Autobahn fahren.« »Das machen wir!« Georg war froh, aus seinen traurigen Zukunftsgedanken gerissen zu werden. Auf der vierspurigen A5 in Richtung Frankfurt trat er das Gaspedal bis zum Anschlag durch. Vanessa drehte die aus dem CD-Player kommende Musik lauter. Sie jauchzte vor Vergnügen. Der Wind verwurschtelte ihr Haar. Das Gesicht war vor Aufregung und Freude leicht gerötet. Immer wieder schaute Georg zu ihr hin. Die »Kleine«, wie er sie insgeheim noch nannte, faszinierte ihn mit ihrer unverdorbenen Schönheit, ihrer Natürlichkeit und dem ungezügelten, überschäumenden Temperament. »Weißt du was, wir fahren bei Wally vorbei. Die wird sich freuen, dich kennenzulernen.« Unwillkürlich duzte er das fremde Mädchen. Er fand keine Erklärung dafür. Irgendwie erschien sie ihm sehr vertraut.

Vor einem gemütlichen, älteren Reihenhäuschen in Obertshausen hielt er an. Er drückte Vanessa einen leichten Kuss auf die Wange. »Wir sind doch jetzt per Du! Das muss besiegelt werden!« Vanessa wurde es heiß. Doch sie tat, als wäre nichts geschehen. »Okay, Georg!«, meinte sie leichthin.

Eine dunkelgrüne Jaguar-Limousine stand vor Wallys Haus. Die Haustür ging auf. Mit einem langen, leidenschaftlichen Kuss verabschiedete sie sich von einem älteren Mann. Er stieg in seinen Wagen und brauste, ohne sich nochmals umzudrehen, eilig davon. Traurig, mit Tränen in den Augen, schaute Wally hinterher. Umso größer war die Freude, als sie Georg bemerkte. Sie herzte und küsste ihn. Kaum konnte er Luft holen. Offensichtlich ließ er es gerne mit sich geschehen. Vanessa stand schüchtern und verschämt daneben. Gleich darauf nahm Wally auch sie in die Arme und drückte das junge Mädchen fest an sich. »Kaffee und Kuchen warten auf euch. Dein Vater ist eben gegangen, Georg. Der Kaffee ist noch heiß. Wir machen es uns gemütlich.« Mit diesen Worten führte sie die jungen Leute ins Wohnzimmer. Es war klein. Ein Kamin verbreitete wohlige Wärme und angenehmes Licht. Bei Wally fühlte man sich sofort zu Hause. Sie verplauderten die Zeit. Zum Abschied drückte Wally Vanessa nochmals aufs Herzlichste. »Pass gut auf meinen kleinen Georg auf. Er braucht unendlich viel Liebe, obwohl er nach außen den Coolen spielt.« Georg schämte sich sichtlich, lief rot an, sagte aber nichts. Rasch nahm er Vanessa an der Hand und begleitete sie zum Wagen. Wally war längst außer Sicht, beide winkten noch immer zurück.

Die Heimfahrt mit offenem Verdeck und toller Musik genossen beide schweigend. In Lengenfelde angekommen meinte Georg: »Nächste Woche muss ich wieder nach München.« »Ich will so schnell wie möglich mein Abi machen, um in die USA zu gehen«, erwiderte Vanessa. Beiden war bewusst, ihre Lebensplanungen liefen in völlig verschiedene Richtungen. Lachend meinte sie beim Abschied: »Zweimal hast du mich fast umgefahren, ein drittes Mal wird teuer. Dann musst du mir jeden Wunsch erfüllen, was immer es sein wird.« Mit all ihrer jugendlichen Herzlichkeit drückte sie Georg einen Kuss auf die Wange, wollte aus dem Wagen steigen. Georg zog sie zurück, schloss das Verdeck und küsste sie lang und leidenschaftlich. Anfangs noch etwas schüchtern erwiderte Vanessa den Kuss nach kurzer Zeit heftig, mit ihrem ganzen Temperament. Um Georg war es geschehen. Seine Hände rutschten tiefer. Die Zeit blieb für beide stehen. Es wurde dunkel. Sie küssten und streichelten sich intensiv.

»Georg!« Die strenge, befehlende Stimme seiner Mutter unterbrach die leidenschaftlichen Umarmungen. »Georg!« rief sie nochmals laut und schrill. »Du bist der zukünftige Burgherr und treibst es hier mit einer Dorfschlampe. Zu dem auch noch in meinem Auto. Bist du verrückt geworden?« Bei diesen Worten wurde Vanessa puterrot. Hastig stieg sie aus, zupfte ihre Kleidung zurecht und schmiss die Autotür zu. Ohne ein Wort zu sagen, rannte sie in Richtung ihres Elternhauses davon.

»Wir reden später, Mutter! Ich bin vierundzwanzig Jahre und bestimme selbst über mein Privatleben!« »Aber nicht mit so einem Dorftrampel!«, entgegnete Constance vor Wut schnaubend. Es sind mein Anwesen, meine Ländereien, mein Geld und mein Porsche.« »Ich pfeife drauf!«, rief Georg. Atemlos rannte er hinter Vanessa her. Sie war bereits im Haus verschwunden. Niemand reagierte auf sein Klingeln. Stündlich versuchte er, sie auf ihrem Handy zu erreichen. Nur die Mobilbox antwortete.

Zu Hause teilte seine Mutter ihm lediglich nüchtern mit: »Komm endlich zur Vernunft. Deine Verlobung ist für Ostern geplant.« Wie immer schwieg sein Vater. Von ihm war keine Hilfe oder Unterstützung zu erwarten. Auseinandersetzungen, Streit mit seiner Frau vermied er, ging ihnen aus dem Weg und verzog sich. Stattdessen genoss er jede Minute, die er mit Wally verbringen konnte.

Vanessa fühlte sich tief verletzt. Das erste Mal in ihrem Leben war ihr ein Mann, Georg war acht Jahre älter, wirklich nähergekommen. Gefühle, die sie vorher nicht gekannt hatte, überwältigten sie. Bisher fand sie die ungeschickten Küsse und Annäherungsversuche ihrer Tanzstundenpartner, Klassenkameraden oder Discobekanntschaften eher belustigend. Sie amüsierte sich über ihre Freundinnen, die ständig verliebt waren oder mit Liebeskummer kämpften.

Sie liebte ihren Papa heiß und innig, ihr Pferd Sandro, den Jagdhund Anka und ihre Mutter. Genau in dieser Reihenfolge. Unendliche Traurigkeit überkam sie. Georg fehlte ihr. Sie vermisste ihn. Einordnen konnte sie ihre Gefühle nicht. Sie wusste nur, jede Minute mit Georg hatte sie genossen. Sie fand ihn toll. Vanessa war über beide Ohren verliebt.

Und dann diese Peinlichkeit, die schreckliche Begegnung mit Georgs Mutter. Am liebsten wäre sie im Boden versunken, unsichtbar geworden … Was dieser Frau wohl einfiel? Vanessas Stolz war getroffen. Niemals konnte und wollte sie Georg wieder sehen. Diese eingebildete »Zicke«, seine Mutter. Allzu deutlich hatte die Gräfin ihre Abscheu und ihre Verachtung gegenüber Vanessa zum Ausdruck gebracht. Sie musste sich Georg aus dem Kopf schlagen, ihn vergessen, aus dem Gedächtnis streichen. Ihre Liebe war chancenlos.

»Mama, ich habe mein Handy verloren, ich brauche ein neues«, teilte sie zu Hause mit. Das stündlich klingelnde Mobiltelefon warf sie gegen die Stallwand. Anschließend versenkte sie es im Teich. Die Verbindung zu Georg war endgültig unterbrochen und aufgelöst. Es bereitete ihr körperliche Schmerzen. Die Tränen kullerten. Sie zitterte, fror und kuschelte sich wie ein Häufchen Elend zu Sandro in die Pferdebox. Der Stallbursche, von allen Fränzchen genannt, fand sie und versuchte es mit tröstenden Worten. Schließlich fuhr er das verheulte Mädchen nach Hause.

Ihre Mutter begrüßte sie nicht eben freundlich. »Kannst du nicht anrufen. Ich hole dich ab. Ich will nicht, dass du dich mit den Stallburschen abgibst!«, fuhr sie Vanessa an. Diese berichtete über den Verlust ihres Mobiltelefons. Die Tränen liefen erneut wie ein Wasserfall. »So schlimm ist's auch wieder nicht«, meinte die Mutter. »Du bist sehr vergesslich und abwesend in letzter Zeit. Papa soll dir Vitamine verschreiben und ein neues Handy kaufen. Ist doch weiter kein Problem.« Vanessa war nicht zu beruhigen. Noch immer in Tränen aufgelöst ging sie auf ihr Zimmer. Der Jagdhund Anka schlich hinterher. Er witterte seine Chance, sich am Fußende des Bettes bei ihr niederzulassen.

Es blieben noch zwei Tage bis zu Georgs Abfahrt nach München. Sein Vater spürte die dicke Luft zwischen Mutter und Sohn. Er verzog sich auf seine Jagdhütte. Georg versuchte alles, um Vanessa zu erreichen. Vor seiner Abreise wollte er unbedingt noch mit ihr sprechen. Schließlich fuhr er nach Darmstadt. Vor dem Hans-Gustav-Röhr-Gymnasium wartete er stundenlang im Auto auf sie. Schon von Weitem erkannte er ihren federnden Gang, die langen, blonden Haare, die sie ungeduldig zurückstrich. Georgs Herz schlug schneller. »Was war nur mit ihm los?« Er war doch nur gekommen, um der »Kleinen« die Situation zu erklären und sich für das Benehmen seiner Mutter zu entschuldigen. Verkrampft hielt er sich am Steuerrad fest. Vanessa kam mit einer Gruppe von Freunden aus dem Schulhof. Er stieg aus und lief auf sie zu. In diesem Moment erkannte ihn Vanessa. Für einen kurzen Augenblick sahen sie sich an. »Peter, umarme und küsse mich!«, raunte sie ihrem

Schulkameraden zu. »Nichts lieber als das!« Ungeschickt drückte der Junge Vanessa an sich und küsste sie. Vanessas Gesicht war tränennass. Als sie aufsah, war Georg verschwunden. Mit Vollgas fuhr er davon. Das Geräusch des aufheulenden Porschemotors verfolgte sie noch Wochen danach.

Tief enttäuscht, gekränkt und mit bis zum Hals klopfendem Herzen fuhr Georg nach Hause. Diese »Kleine« war ein ausgemachtes Biest. Mit seiner Mutter gab es eine ernsthafte Auseinandersetzung. Sie drohte: »Ich enterbe dich, wenn du so eine Schlampe anbringst! Die Hochzeit mit Annegret ist abgemacht. Sei froh, dass du so ein feines, hübsches Mädchen zur Frau nehmen darfst.« Wutentbrannt setzte er sich in sein Auto und fuhr noch in der Nacht nach München. Wie ein Damoklesschwert hing die Hochzeit mit Annegret über seinem Leben. Er beschloss, das Examen noch weiter hinauszuzögern, notfalls auch durchzufallen. Für sein Studium tat er nichts mehr. Die Schwabinger Nächte umfingen den jungen Grafen. Wild, ungezügelt genoss er sie, ließ sich treiben. In seinen Träumen tauchte immer wieder Vanessa auf. Es tat weh. Den Schmerz betäubte er mit ausschweifenden Partys und Alkohol.

Die Arbeit in der Schule und ihre Reitturniere nahmen Vanessa voll und ganz in Anspruch. Das Abitur rückte näher. Aufenthalt und Termine in den USA waren bereits gebucht. Ihre Bewerbung für ein Medizinstudium in Boston angenommen. Als Reitlehrerin und Bereiterin von Jungpferden wollte sie den teuren Aufenthalt mitfinanzieren. Auf der Burg schritten die Bauarbeiten flott voran. Das Hotel war fast fertig. Der Spuk auf der Veste Otzberg beendet.

Vanessa verbrachte ihre knappe Freizeit im Stall. Was auf ihrem geliebten Burggelände geschah, interessierte sie nicht mehr.

Auf dem großen internationalen Wiesbadener Pfingst-Reitturnier gewann sie einen beachtlichen Preis in der M-Dressur. Eine sehr schicke, ältere Dame im Reitdress gratulierte ihr. »Gut gemacht, Sie sind ein echtes Talent! Gabor ist kein einfaches Pferd. Ich kenne ihn, er gehört Freunden von mir.« Vanessa wurde knallrot. Die schrille, durchdringende Stimme erkannte sie sofort. Es war die Gräfin. Mit einer knappen Entschuldigung ließ sie Frau von Rosenthaler zu Otzbergen stehen. Verwundert schaute Constance der jungen Reiterin nach. Gerne hätte sie sich reiterlich-fachlich ausgetauscht, eventuell ein Angebot unterbreitet, ihre zahlreichen Jungpferde zuzureiten. Immer auf der Suche nach neuen Talenten vertraute sie ihre wertvollen Dressurpferde nur wenigen ausgesuchten Bereitern an. »Es wird sich hoffentlich eine andere Gelegenheit ergeben«, dachte sie und wandte sich wieder ihrem jugendlichen Begleiter, einem erfolgreichen Springreiter, zu.

Zu Hause in Lengenfelde fand Vanessa ihre Mutter in heller Aufregung. »Stell dir vor, Prinzessin Annegret von Bolingen wird den jungen Grafen heiraten. Es wird eine Riesenhochzeit geben. Endlich wird es hier mal fein und vornehm zugehen. Wir bekommen eine Burgherrin aus dem Hochadel. Schau mal, sogar in der Bunten gibt es einen Bericht.« Vanessa wusste inzwischen von der Verbindung. Auch im Dorf gab es viel Gerede darüber. In den bunten Blättern fand man ausführliche Artikel, teilweise mit Fotos. Georg war Annegret versprochen, mit ihr verlobt. Er hatte sie nur benutzen wollen. »Wie konnte ich nur so blöd sein?«, fragte sich Vanessa wieder und wieder. Sie schluckte, wandte sich ab. Tränen liefen. Die Worte der Mutter trafen ihre Tochter wie Pfeile mitten ins Herz, mitten in ihre verletzte Seele. Frau König, in ihrer unsensiblen Borniertheit und Spießigkeit, merkte nichts vom Schmerz ihres Kindes. »Mein Kleines, mein Mädchen, was ist denn los?« Fest umfing Dr. König Vanessa mit seinen starken Armen. Sie verbarg ihr tränennasses Gesicht und kuschelte sich an seine Schultern. »Haltung, unsere Tochter sollte endlich Contenance lernen. Sie ist zu alt, sich wie ein Kleinkind zu benehmen.« Frau König schaute ihren Mann vorwurfsvoll an. »Sie ist wie du, Wilhelm, diese Gefühlsduselei. Du hast es ja auch bis heute noch nicht gelernt, Haltung zu bewahren«, setzte sie ihre Vorwürfe fort. Kopfschüttelnd wandte sie sich wieder ihren Bridgekarten zu. Sie musste üben. Morgen wollte sie mit ihrer Freundin Alexa ein Turnier spielen. Der gescholtene Wilhelm drückte seine Tochter noch fester an sich. Beide beschlossen, einen abendlichen Ausritt zu machen.

»Weißt du was, Papa, ich heirate dich. Mutter schicken wir zu ihrer Schwester.« »Gar keine schlechte Idee!«, lachte Dr. König. Wie befreit ließen Vater und Tochter die Pferde im gestreckten Galopp über die Felder laufen. Jagdhund Anka folgte fröhlich bellend. Die Vögel piepsten und krächzten um die Wette. Die wilden Reiter störten ihre Abendruhe. Neugierig lugte der Mond hinter den Bäumen hervor. Die Abendsonne erstrahlte mit letzter Kraft als roter Ball am Horizont. »Auf geht's, Papa, lass uns über die Baumstämme springen!«, rief Vanessa übermütig. Sie fühlte sich beschwingt und frei wie schon lange nicht mehr. Sie drehte sich nach ihrem Vater um. Dr. König hing seitlich in den Bügeln, seine Hand fasste verkrampft nach dem Herzen. Leichenblass stöhnte er schwer und war kurz vor dem Herunterfallen. Mit Mühe brachte Vanessa die aufgeregten Pferde zum Stehen. Mit einem Plumps fiel der Landarzt zu Boden. Seine Atmung ging in ein lautes, starkes Röcheln über. »Papa!«, schrie Vanessa verzweifelt, suchte ihr Handy in der Satteltasche. Sie beugte sich über ihren Vater und versuchte mit aller Kraft, Erste Hilfe zu leisten. Endlich kam der Krankenwagen. Dr. König rührte sich nicht mehr. Friedlich lag er auf dem Waldboden. Anka legte sich laut jaulend neben ihn. Die Wiederbelebungsversuche des Arztes schlugen fehl. Mit fünfundvierzig Jahren, viel zu jung, erlag der beliebte Landarzt einem Herzinfarkt. Aufgeregt schnaubend verfolgten die Pferde das Geschehen. Die braune Stute Hella, die treue, zuverlässige Begleiterin ihres Herrn, drehte sich immer wieder nach ihm um, scharrte mit den Hufen, die Nüstern weit aufgebläht. Beim Krankenwagen blieb sie stehen und bäumte sich auf. Hella wollte ihren Reiter nicht verlassen. Der inzwischen eingetroffene Stallbursche, Fränzchen, hatte seine liebe Not, die nervösen Tiere wegzuführen.

Fassungslos, die Tränen kullerten ohne Unterlass, umarmte Vanessa ihren toten Papa. Der Arzt löste sie sanft von ihm. »Wir müssen fahren!« Wie erstarrt saß sie im Krankenwagen und begleitete ihren Vater auf seiner letzten Fahrt.

Die Beerdigung erlebte Vanessa mit leerem Blick, tränenlos. Etwas in ihr war mit dem geliebten Papa gestorben. Ihre Mutter war mit den Äußerlichkeiten, dem Ablauf der Beerdigung, dem Blumenschmuck und der anschließenden Einladung in den Gasthof »Zum Grünen Baum« vollauf beschäftigt. Ohne größere Gefühlsregungen plante und regelte sie alles. In Telefonaten mit ihrer Schwester beschwerte sie sich über die mangelnde Unterstützung seitens ihrer Tochter. Vanessas Welt war zusammengebrochen. Tagelang schloss sie sich in ihr Zimmer ein. Fränzchen überredete sie schließlich, herauszukommen, die Pferde müssten bewegt werden. Weinend, von Erinnerungen überwältigt, ritt sie erst Hella, dann Sandro. Todmüde, gefühlsmäßig ausgelaugt, wollte sie sich abends auf ihr Zimmer schleichen.

»Wir müssen reden, Vanessa«, fing ihre Mutter sie im Flur ab. »Nimm dich doch mal zusammen!«, fauchte sie danach und schaute ihre kreideblasse, verheulte Tochter vorwurfsvoll an. »Bald wird alles besser. Eine neue Umgebung, neue Freunde für dich. Nächsten Monat ziehen wir nach Berlin. Vorläufig, bis wir eine Wohnung gefunden haben, wohnen wir bei meiner Schwester. Tante Bela freut sich schon. Sie verkehrt in feinen Kreisen, wird uns in den Golfclub einführen. Endlich wirst du anständige Männer kennenlernen.« Ungläubig starrte Vanessa ihre Mutter an. »Und unser Haus?« »Ich habe es einem Makler übergeben. Haus und Praxis werden so schnell als möglich verkauft. Die noch darauf lastenden Schulden können wir ohne deinen Vater sowieso nicht bezahlen.« Vanessa war fassungslos. Alles, was ihr Vater mühevoll aufgebaut hatte, sollte zerstört, einfach weggegeben werden. »Bin ich froh, wenn ich endlich dieses ›Kaff‹ verlassen kann«, unterbrach Frau König ihre Gedanken. Vanessa atmete schwer, wagte kaum zu fragen: »Und die Pferde? Was wird mit Anka?« »Hella und Sandro werden verkauft, Anka kommt ins Tierheim. In Berlin können wir uns das Unterstellen von Pferden nicht leisten. Tante Bella mag keine Hunde. Ein Tier in einer Großstadtwohnung ist lästig.« »Und ich?«, fragte Vanessa leise, mit erstickter Stimme. »Du machst dein Abitur in Berlin. Anschließend wirst du zusammen mit deinen Cousinen an der Uni dort studieren. Es wird dir gefallen. Für ein teures Studium in den USA haben wir kein Geld. Ich habe bereits alles abgesagt und deinen Studienplatz in Boston freigegeben.« Vanessa schnürte es den Hals zu. Sie krächzte, ihre Stimme versagte.

Unbändiger Zorn und Trauer erfassten sie. Vom Büffet nahm sie die Lieblingsvase ihrer Mutter, echtes Meißner Porzellan, wie sie jedem erzählte, und schleuderte diese mit Schwung gegen die Wand. Mit einem laut scheppernden Geräusch zerbrach »das gute Stück« in kleine Teilchen. »Ich gehe nicht mit, ich bin fast achtzehn. Du kannst mich nicht zwingen!«, schrie sie. Böse funkelte ihre Mutter sie an. »Ganz der Vater, kein Benehmen und fühlt sich bei den Bauern hier draußen wohl.« »Nach Berlin kannst du ohne mich gehen!«, hörte sich Vanessa erneut sagen. Mit einem lauten Knall schmiss sie die Zimmertür zu. »Wovon willst du leben? Wo willst du wohnen?«, fragte die Mutter mit spöttischer Stimme. Vanessa wusste es nicht. Sie war nur sicher, sie würde weder Lengenfelde noch ihre Pferde oder Anka verlassen.

Die Testamentseröffnung beim Notar in Darmstadt war für fünfzehn Uhr festgesetzt. Auf der halbstündigen Fahrt dorthin herrschte im Auto zwischen Mutter und Tochter eisiges Schweigen. Ihr langjähriger Notar und Familienanwalt begrüßte die beiden mit Beileidswünschen und professioneller Höflichkeit. Per amtlichen Schreiben waren Frau König und Vanessa eingeladen worden. »Reine Zeitverschwendung!«, dachte Vanessa. Ihre Gedanken waren beim letzten Ausritt mit dem geliebten Papa.

Die Verlesung des Testamentes glitt an ihr vorbei. Die monotonen Worte Dr. Hesslers klangen wie ein fernes Rauschen. Vanessa hörte nicht wirklich zu. »Ohnehin betraf es nur ihre Mutter«, dachte sie. Ein wütendes Schnauben und ein Aufschrei Frau Königs ließen sie aufhorchen. »Dieser Mistkerl!« Entsetzt schaute sie zu ihrer Mutter hin. Wutentbrannt und mit zornrotem Kopf saß sie da. Der Notar verabschiedete beide höflich. Aufmunternd sah er Vanessa an: »Wenn Sie Rat brauchen, junge Dame, wenden Sie sich bitte an mich.«

Im Hausflur der alten Jugendstilvilla angekommen, packte Frau König ihre Tochter und schüttelte sie. »Das hast du ja schön eingefädelt! Ich habe alles mit deinem Vater aufgebaut, habe es mit ihm in diesem ›Kaff‹ ausgehalten, und nun hat er dich mit fünfzig Prozent an allem beteiligt. Großmutters Schmuck wurde dir komplett vermacht, du ausgekochtes Luder!«, schrie sie und musterte ihr Kind feindselig. Trauer und Wut im Wechsel packten Vanessa. Zu Hause wollte sie das Testament in Ruhe lesen, um die Aufregung zu verstehen. Nüchtern teilte sie ihrer Mutter mit: »Ich fahre mit dem Bus nach Hause.« Die Enge einer gemeinsamen Autofahrt hätte sie nicht ertragen. »Mach, was du willst! Geld hast du ja jetzt!« Mit jedem Wort von Frau König wuchs Vanessas Entsetzen.

Die Leute im Bus schauten verwundert auf das bildhübsche Mädchen. Wie ein Häufchen Elend saß es zitternd und weinend, zusammengekauert da. In Lengenfelde angekommen lief Vanessa zum Reitstall. »Niemals gebe ich euch her. Papa hätte es nicht gewollt!«, sprach sie beruhigend zu den Pferden. Zufrieden schnaubend rieben sie ihre Nüstern an Vanessas Arm, scharrten wie zustimmend mit den Hufen. Danach wandten Sandro und Hella sich wieder ihrem Trog mit der abendlichen Fütterung zu. Vanessa machte es sich im Stroh gemütlich und schlief schließlich erschöpft ein.

Bäuerin Therese und Bauer Paul fanden das schlafende, verheulte Mädchen in der Pferdebox. Sie holten sie in ihre Stube und versorgten Vanessa mit einer warmen Suppe. »Wir fühlen mit dir, dein Vater fehlt uns auch sehr.« »Nicht nur das!«, entfuhr es der jungen Frau. Die gemütliche Stube mit den auf der Bank liegenden Katzen, der Hofhund zufrieden ausgestreckt vor dem Kachelofen, die warme Suppe im Bauch, die gesamte herzliche Atmosphäre, machten ihr Mut. Sie erzählte ihren Kummer und schüttete ihr Herz aus. Bäuerin Therese hörte aufmerksam zu. »Ich habe eine Idee!«, meinte sie schließlich. »Puh!«, lachte Bauer Paul, »was meine Therese da wohl wieder ausbrütet?« »Vanessa kann das Zimmer über den Stallungen haben. Morgens und abends hilft sie Fränzchen bei der Stallarbeit. Am Wochenende unterstützt sie uns in der Gartenwirtschaft.« Ein wenig listig schaute die Bäuerin in die Runde. Sie wusste, die »Kleine« war belastbar, eine brauchbare, äußerst fleißige Arbeitskraft. Vanessa half häufig aus. Verlässliche Leute waren auf einem Gutshof immer gefragt. »Hoffentlich wird es nicht zu viel für das Mädel«, meinte Bauer Paul etwas skeptisch. »Sie muss ein gutes Abi machen und studieren.«

Vanessa begeisterte sich hellauf für den Vorschlag. Hella und Sandro waren demnach versorgt. Anka durfte sie mitbringen. Kost und Logis waren frei. Monatlich erhielt sie ein Taschengeld. Für die Arbeitsstunden in der Gaststätte bekam sie Extralohn. Im Notfall konnte sie auf den Schmuck ihrer Großmutter zurückgreifen. Mit der ihr eigenen Zielstrebig- und Gründlichkeit zog sie zwei Wochen später unter lautem Protest ihrer Mutter auf den Reiterhof.

Mit Frau König gab es harte Verhandlungen. Schließlich einigte man sich, Haus und Praxis an den neuen Landarzt zu verpachten. So konnten die Bankschulden regelmäßig getilgt werden. Den Rest der Pacht teilten Mutter und Tochter hälftig untereinander auf. Nur mit juristischer Hilfe und Unterstützung ließ sich Frau König zu vertraglichen Regelungen mit ihrer Tochter bewegen.

Sie ließ »kein gutes Haar« an ihrem Kind. Alle Bekannten und Verwandten mussten sich die Geschichte von der undankbaren, gierigen Tochter anhören. Den Schmuck ihrer Großmutter habe sie einfach vereinnahmt – manchmal sprach sie auch von »geklaut«. Zu allem Überfluss noch fünfzig Prozent des Erbes gefordert. Überall ließ sie sich ob ihres schweren Schicksals bedauern. Erst der Verlust des Ehemannes, nun auch noch die Tochter. »Ich habe keine Tochter mehr!«, pflegte sie theatralisch überall zu erzählen. Die meisten Menschen, besonders ihre Schwester, glaubten ihr. Man war entsetzt. Dass dies alles der ausdrückliche, beim Notar hinterlegte Letzte Wille ihres Ehemanns war, blieb unerwähnt. Die Kluft zwischen Vanessa und ihrer Mutter wuchs und wurde unüberbrückbar.

Vanessa kam nicht zum Nachdenken. Sie war von morgens bis abends mit Arbeit eingedeckt. Inzwischen hatte sie ein glänzendes Abitur gemacht und mit dem Medizinstudium in Frankfurt begonnen.

An einem schönen Sommerabend half sie in der Gaststätte aus. Der Biergarten war voll besetzt. Graf Johann von Rosenthaler zu Otzbergen feierte mit dem Bürgermeister, den Architekten sowie dem gesamten Bauteam die Fertigstellung der Umbauarbeiten auf der Burg.

»So ein fesches, flottes, fleißiges Mädel könnte ich für meine Hotelrezeption gebrauchen.« Graf Johann musterte interessiert die bildhübsche junge Frau, die flink, versiert und freundlich die Gäste bediente. »Die geht da nicht weg. Ist die Tochter vom verstorbenen Landarzt Dr. König. Bauer Paul und seine Therese haben sie aufgenommen, kümmern sich um das Mädchen. Sie hat Krach mit ihrer Mutter«, berichtete Bürgermeister Schmidtke. »Eine sehr eigenwillige, renitente junge Dame!«, setzte er hinzu. »Habe schon einigen Ärger mit ihr gehabt!« Graf Johann gefiel Vanessa ungemein. Ohne Zweifel eine Schönheit. Zusätzlich strahlte sie etwas Besonderes, etwas Ursprüngliches und Geheimnisvolles aus. Lächelnd sagte er sich: »Die ist aber nun wirklich zu jung für dich, alter Jäger. Lass die Finger davon!« Der Graf war in bester Stimmung und gab Freibier für alle Gäste aus. Normalerweise schloss der Biergarten um dreiundzwanzig Uhr. Heute war daran nicht zu denken.

Vanessa überfiel bleierne Müdigkeit. Wieder und wieder brachte sie neue Runden mit den schweren Bierkrügen in den Garten. Plötzlich erschrak sie. Wie vom Donner gerührt blieb sie abrupt stehen, stolperte. Das Tablett in ihrer Hand kippte. Unter dem Gejohle der meist betrunkenen Gäste ergoss sich das Bier über ihr Kleid und auf den Rasen. Mit zitternder Stimme rief sie Bauer Paul zu: »Ich muss sofort weg. Ich kann nicht mehr!« Erstaunt musterte sie der Wirt. Bevor er nähere Erklärungen einfordern konnte, saß Vanessa bereits auf ihrem Fahrrad. Völlig aufgelöst fuhr sie in Richtung der Stallungen.

Georg saß plötzlich am Tisch seines Vaters. Die unvorbereitete Begegnung schlug wie ein Blitz ein. Vanessa sah sich ihren Gefühlen hilflos ausgeliefert. Panikartig verließ sie den Biergarten. Kurz bevor sie den Stall erreichte, umarmte sie jemand von hinten und hielt sie fest. »Georg!«, sie wusste es sofort. »Vanessa, Liebes, ich habe auf dich gewartet!«, fest drückte er sie an sich. Alle Sehnsucht der letzten Jahre erwachte. Leidenschaft überwältigte beide. In der leeren Pferdebox neben Sandro liebten sie sich bis zum Morgengrauen. »Du musst gehen, Georg, sofort! Ich muss arbeiten, den Stall ausmisten.« Mühsam schüttelte sie das Stroh aus ihren Kleidern und Haaren. »Liebes, ich bleibe, ich helfe dir. Ich liebe dich!« »Georg, sei vernünftig, wenn uns jemand sieht. Du bist verlobt, einer anderen versprochen. Wir haben keine Zukunft. Es war nur ein Spaß für mich. Ich liebe dich nicht. Geh endlich!« Vanessa stieß Georg weg. Bei ihren letzten Worten war er zusammengezuckt. Verständnislos schaute er sie an. Schließlich zog er tieftraurig, wie ein »begossener Pudel«, davon.

Georg arbeitete nach Abschluss seines Studiums in einer großen Kanzlei in München. Mit der Begründung, er müsse noch berufliche Erfahrungen sammeln, bevor er eine eigene Anwaltspraxis aufmachen und eine Familie gründen könne, verschob er die Hochzeit mit Annegret wieder und wieder. Diese zeigte viel Verständnis, Georgs Mutter umso weniger. Schließlich war Constance mit ihrer Geduld am Ende. Der Hochzeitstermin wurde auf den fünfzehnten Juni festgelegt.

Vanessa übte inzwischen ihren Beruf als Ärztin am Universitätsklinikum in Frankfurt aus. Die Arbeit bei Bauer Paul musste sie aufgeben. Über der Praxis des neuen Landarztes, Dr. Schäfer, in ihrem Elternhaus, richtete sie sich ihr gemütliches, kleines Reich, ihre erste eigene Wohnung ein. Nach anstrengenden Nachtdiensten in der Klinik gestaltete sich die Heimfahrt von fast einer Stunde für die todmüde, junge Frau als besonders anstrengend und fordernd. Die entspannte, ruhige, vertraute Atmosphäre in Lengenfelde, die gute Landluft, vor allem aber ihre Pferde waren Vanessa die Strapazen des weiten Weges wert. Der Kontakt zu ihrer Mutter war gänzlich abgebrochen. Anwälte regelten, was im Zuge des gemeinsamen Erbes zu klären war.

In Berliner Gesellschaftskreisen, in ihrer Bridgerunde, gab Frau König die Geschichte der missratenen Tochter zum Besten. Verzückt lauschten die älteren Damen ihren Ausführungen. Sie berichtete, wie sehr sie, nur ihrem Mann zuliebe, in dem kulturlosen »Kaff« Lengenfelde, gelitten habe. Und nun … ihr einziges Kind, eine Erbschleicherin. Vanessa fühle sich ähnlich dem Vater bei den Bauern auf dem Dorf wohl. Die teuerste Schule habe sie für die Tochter ausgewählt. Alles in die gute Erziehung Vanessas investiert. Ohne Erfolg! Zur Verstärkung des theatralischen Effektes ihrer Geschichte verdrückte Frau König an dieser Stelle ein paar Tränchen. Bedauernd, mit falschem Blick, nahm die Damenrunde es zur Kenntnis. Wirkliches Interesse brachten sie nur für die Bridgekarten auf. Das prickelnde Gefühl eines Schauermärchens, einer dramatischen Geschichte, wussten sie jedoch zu schätzen.

Völlig durcheinander, überwältigt von Gefühlen, durchmischt mit unbändiger Wut fuhr Georg nach der Liebesnacht im Reitstall zurück in die bayerische Hauptstadt. Knallhart schickte ihn Vanessa morgens weg. Abgefertigt wie einen »alten Hund«, weggestoßen hatte sie ihn. Anrufe und Annäherungsversuche wurden strikt abgewiesen. Ihre Reaktionen blieben ihm vollkommen unverständlich. Er liebte Vanessa. Sie war seine Traumfrau!

Vanessa schalt sich ob ihrer Schwäche. Sie hätte es nicht zulassen dürfen. Georg war verlobt, einer anderen Frau versprochen. Ihre Liebe zu Georg, der tiefe Schmerz in ihrer Seele waren wieder aufgebrochen. Es tat unendlich weh! Sie musste ihn vergessen, aus ihrem Leben streichen.

In der Klinik stürzte sie sich in die Arbeit. Ihr Chef war begeistert vom Engagement der jungen Ärztin. Vertrauensvoll übertrug er der Kollegin mehr und mehr Aufgaben. Georg hingegen arbeitete fahrig und unkonzentriert. Sein Chef war unzufrieden und rügte ihn. Mehrmals mussten Plädoyers geändert und überarbeitet werden.

Der Hochzeitstermin mit Annegret im Sommer stand endgültig fest. Ausreden zogen nicht mehr. Die junge Adelige zeigte viel Verständnis für Georg. Sie blieb ruhig, gelassen und freundlich, behandelte ihn wie einen ungezogenen Jungen. Ihre Nettigkeit nervte und machte Georg wütend. Er wurde sich seiner Ungerechtigkeit ihr gegenüber bewusst. Mit lächelnder, siegesgewisser Herablassung begegnete Annegret seinen Wutanfällen.

Georgs Gedanken und Träume kreisten um Vanessa. Sein »kleiner Teufel«, wie er sie insgeheim nannte, ließ den Puls ansteigen. Das Herz klopfte wie wild. Es spielte verrückt.

Constance von Rosenthaler zu Otzbergen war die Fisimatenten ihres Sohnes leid. »Es wird Zeit mit euch beiden. Wir brauchen einen Stammhalter!« Dabei sah sie Georg mit strenger Miene an. »Du hast genug Mädels beglückt in München, werde endlich erwachsen, Georg!« Es gab kein Hinauszögern, kein Entrinnen mehr. Beide Familien beschäftigten sich intensiv mit den Vorbereitungen für die große, elegante Hochzeit.

In einem Nachtclub in Frankfurts Innenstadt feierte Georg mit seinen Kumpanen den Junggesellenabschied. Der Champagner floss in Strömen. Es ging hoch her. Er wurde von allen beneidet. Heirat mit einem Mädchen aus dem Hochadel, dazu noch reich. Was konnte man sich noch mehr wünschen? Während sich die »Barmiezen« intensiv um seine Freunde kümmerten, saß Georg wie ein Trauerkloß am Tisch. Die aufdringlichen Stripperinnen waren ihm zuwider. Seinen Kummer versenkte er im Alkohol, trank viel zu viel. Morgens um sechs trennten sich die Freunde. Mit überhöhter Geschwindigkeit raste Georg auf der Landstraße nach Hause. In einer Kurve verlor er die Gewalt über sein Auto, überschlug sich und knallte mit dem Porsche an einen Baum.

Auf ihrer Heimfahrt vom Nachtdienst entdeckte Vanessa den Schwerverletzten in seinem rauchenden Cabriolet. Vanessa zog ihn aus dem Wagen, leistete Erste Hilfe, bis der Rettungswagen eintraf. Minuten später brannte der Sportwagen lichterloh. Vierzehn Tage lag Georg im Koma. Vanessa saß Tag und Nacht an seinem Bett. Sie wich nicht von seiner Seite.

Georgs Mutter war zu Pferdeauktionen in die USA gereist. Vater Johann auf der Jagd in Ungarn. Die Besuche von Annegret und ihrer Familie im Krankenhaus blieben kurz und pflichtbewusst. Auf die Mitteilung des Arztes, es bestehe die Möglichkeit, Georg müsse für immer im Rollstuhl sitzen, reagierten die von Bolingens mit einer ernsten Besprechung innerhalb der Familie. Schließlich bat Prinz von Bolingen die zukünftigen Schwiegereltern zu einem Gespräch über die neue Situation. Die üblichen Höflichkeitsfloskeln wurden ausgetauscht. Der alte Prinz von Bolingen fackelte nicht lange, kam gleich zur Sache: »Wir sind ein uraltes, traditionsbewusstes Adelsgeschlecht. Ein Stammhalter ist für uns unabdingbar. Unsere Annegret ist nicht mehr die Jüngste. Lange genug hat sie auf Georg gewartet.« Bei diesen Worten sah er die von Rosenthalers vorwurfsvoll an. Schuldbewusst schauten Constance und Johann auf den Boden. Die Motive des wertvollen, alten, chinesischen Seidenteppichs verwischten sich ein wenig vor ihren Augen. Es schien, als blicke sie der chinesische Reiter wild und zornig an. Sie hörten den Prinzen in seiner wohlgeformten Rede fortfahren. »Ein Mann im Rollstuhl, sehr traurig, sehr traurig!«, wiederholte er. »Ein fürchterliches Schicksal! Aber bitte, Annegret ist unser einziges Kind. Das hat sie nicht verdient. Die Hochzeit wird auf unbestimmte

Zeit verschoben!« Der Prinz dehnte die Formulierungen »verschoben«, »unbestimmte Zeit«. Eine reine Höflichkeitsformel für: »Die Hochzeit findet nicht statt und wird niemals mehr stattfinden!« Kurz und sachlich verabschiedete man sich.

Annegrets Besuche bei Georg wurden seltener. Schließlich hörten sie ganz auf. Wie immer benahm sich Annegret als gefügige, wohlerzogene Tochter. Ihre Mutter hatte bereits einen netten, jungen Mann aus dem Hochadel im Visier. Taktvollerweise würde man ein Jahr verstreichen lassen. Die Hochzeit mit dem Prinzen von Finsterwalde sollte mit aller Pracht gefeiert werden.

Georg, aus dem Koma erwacht, fand langsam zurück ins Leben. »Ein Leben im Rollstuhl«, bisher wagte keiner, ihm diese bittere Wahrheit zu sagen. Es gab berechtigte Chancen auf Heilung. Sie lagen bei dreißig Prozent. Hoffnungs- und Zukunftsglaube waren für den Genesungsprozess wesentlich. Daher beschloss Vanessa gemeinsam mit den behandelnden Ärzten, ihm die grausame Wahrheit vorläufig zu verschweigen. Ohnehin kamen noch genug Schwierigkeiten auf Georg zu. Nach zwölf Wochen Klinikaufenthalt wurde er in die neurologische Rehaklinik nach Bad Orb entlassen. Vanessa nahm Urlaub und mietete sich neben der Klinik in einer kleinen Pension ein. Sie half Georg über die erste, schwierige Zeit hinweg. Nach vier Wochen musste sie wieder arbeiten. Jede freie Minute verbrachte sie in Bad Orb, um ihm beizustehen. In den letzten Wochen waren seine gesundheitlichen Fortschritte auffallend. Seine Sprache war noch immer lallend und kaum verständlich. Den rechten Fuß konnte er kaum bewegen und zog ihn hinterher. Sein Arm hing seitwärts schlaff herunter. Er konnte aber den Rollstuhl verlassen. Das Gehen war beschwerlich und nur langsam mit Gehhilfe möglich. Vanessa jubelte innerlich, sie wusste: »Ein Wunder war geschehen! Georg, der Glückliche, kein Rollstuhl, ein

Dreißig-Prozent-Fall!« In einer kleinen Barockkapelle zündete sie voller Dankbarkeit Kerzen an.

Georgs Eltern waren wie immer stark mit ihrem eigenen Leben beschäftigt. Daher beschloss Vanessa, den Patienten zu sich zu nehmen. Constance von Rosenthaler schlug vor, Vanessas Elternhaus behindertengerecht mit einem Fahrtstuhl umzubauen. Dem Landarzt wurde gekündigt. Georgs Eltern kauften Frau König die andere Haushälfte ab. Diese freute sich über den unverhofften Geldsegen. Der Umbau ging eilends vonstatten. »An finanzieller Hilfe soll es meinem armen Jungen nicht fehlen«, teilte Constance ihrem Mann Johann mit. »Nur Zeit, Zeit habe ich nicht, schließlich muss ich meine Verpflichtungen gegenüber dem Turniersport und den Pferden wahrnehmen.«

Wally half Vanessa mit all ihrer Kraft. Sie kümmerte sich um Georg, wenn Vanessa in der Klinik war. Beide gaben ihr Bestes. Die liebevolle Art, die echte Zuneigung, die der Patient sowohl von Vanessa als auch von Wally erfuhr, halfen seiner empfindlichen Psyche. Sie gaben ihm Kraft für seine Gesundung. Die Sprache wurde von Tag zu Tag besser. Den Arm konnte er schon wieder anheben. Das Laufen klappte weiterhin nur mit Gehhilfe.

Fast zwei Jahre waren seit dem Unfall vergangen. Alltag war im Lengenfelder Haus eingekehrt. Täglich sorgten unter Wallys Aufsicht ein Physiotherapeut, eine Logopädin und weitere medizinische Hilfskräfte für die Verbesserung von Georgs Gesundheitszustand. Vanessa kümmerte sich nach der Klinik mit rührender, inniger Liebe um ihn.

Eines Abends empfing Georg Vanessa mit strahlendem Gesicht am Gartentor. Etwas ungelenk, aber ohne Gehhilfe, rannte er auf sie zu und drückte sie fest an sich. »Das Laufen klappt ohne Stock, habe ihn weggeworfen!«, verkündete er mit vor Freude gerötetem Gesicht. Beide feierten das Ereignis mit Champagner und einem gemütlichen Essen.

Georg traute sich in der gesamten Zeit seiner Heilung nicht, Vanessa näherzukommen. Behinderung und Hilflosigkeit machten ihn schweigsam und zurückhaltend. Als Medizinerin wusste Vanessa, was in ihm vorging. Ruhe, Geborgenheit und viel Liebe würden sein Selbstbewusstsein, seine Zuversicht stärken, letztendlich seine Fähigkeit, wieder zu lieben.

Georg ging es heute wesentlich besser. Der Champagner machte ihm Mut. Mit aller Zärtlichkeit umarmte er Vanessa wieder und wieder. Beide konnten nicht aufhören, sich zu küssen. Von Georgs Seite ein wenig ängstlich, aber mit aller Leidenschaft, schliefen sie in dieser Nacht miteinander.

Am nächsten Morgen machte Georg ihr einen Heiratsantrag. Einige Monate später wurde die Hochzeit prachtvoll gefeiert. Das junge Paar zog auf die Veste Otzberg. Im Lengenfelder Haus wurde für Vanessa eine Praxis eingerichtet. Constance war inzwischen von den Qualitäten ihrer Schwiegertochter überzeugt. Sie erkannte in ihr die Turnierreiterin von Wiesbaden. Neidlos musste sie zugeben, Vanessa ritt besser als sie. »Kein Hochadel, aber Pferdeverstand! Bei ehrlicher Abwägung ist mir das Zweite wichtiger!«, dachte Constance zufrieden. »Endlich jemand, dem ich meine wertvollen Pferde anvertrauen kann.«

Im Jahr darauf kam der kleine Johann, Georg, Wilhelm, Constantin von Rosenthaler zu Otzbergen zur Welt. Das Glück der Familie war vollkommen.

Sogar mit Frau König gab es erste Annäherungsversuche. Stolz erzählte sie ihren Bridgedamen: »Meine Tochter hat einen Grafen geheiratet. Zu guter Letzt hat meine Erziehung doch noch Früchte getragen. Sie ist eben meine Tochter!« Neidvoll erfuhr die Damenrunde, Frau Königs Tochter lebe auf einer echten Burg.

Kurzer Überblick über die Geschichte der Veste Otzberg:

1231 wurde das CASTRUM OTHESBERG erstmals urkundlich erwähnt.
Die Veste liegt ca. 370 m hoch im Odenwald.
Mit dem Westfälischen Frieden 1648 kam die Veste Otzberg an die Pfalz.
Ab 1717 diente sie als Invalidenkaserne.
1802 ging sie an die Landgrafschaft Hessen-Darmstadt, die sie als Staatsgefängnis nutzte.
1818 wurde dieser Standort aufgegeben.
1826 Verfügung des Finanzministeriums in Darmstadt:
Das Komandantenhaus mit den Ställen, Brunnenhaus, Bandhaus und der Weiße Turm, »Weiße Rübe«, sollten erhalten bleiben. Der Rest wurde zum Abbruch freigegeben.
1921 Bandhaus zur Jugendherberge umgebaut.
In den 1950er-Jahren befanden sich Forststelle und eine Gaststätte in den Räumen.
Ab 1985 zog das Museum »Sammlung zur Volkskunde« ein.
Die Veste Otzberg dient als Museum und als Standesamt der Gemeinde Otzberg.
Die Burgschenke lädt zum Verweilen ein, im Sommer auch ein gemütlicher Burghof.

Adresse:
Veste Otzberg					Telefon Museum: 06162-71114
Burgweg 28/30				Telefon Burgschänke: 06162-72274
64353 OTZBERG

Gesine Englert, in Wiesbaden geboren und aufgewachsen, arbeitete nach ihren Sprachstudien in Genf als Lehrerin. Sie studierte in Frankfurt am Main Germanistik und Politik. Danach war sie als Schulleiterin tätig. Sie ist verheiratet und lebt als freie Autorin im Odenwald und in Spanien.

Sie freut sich auf Ihr Feedback unter: www.gesine-englert.com

2011 veröffentlichte sie einen Gedichtband: GEFÜHLTES LEBEN
2013 erschien der Krimi/Polit-Thriller: SCHLAMM IM CHAMPAGNERGLAS
2014 im Sommer erscheint der Gedichtband: EINE HANDVOLL HERZ